A Maurice Barrès,
au merveilleux magicien du style
au Penseur

Hommage de l'auteur

André Lamandé

SOUS
LE CLAIR REGARD
D'ATHÉNÉ

Avril 1920.

Il a été tiré de cet ouvrage
25 exemplaires
sur papier pur fil des Papeteries Lafuma
tous numérotés

André LAMANDÉ

Sous le clair regard d'Athéné

PARIS
LIBRAIRIE DELALAIN
115, BOULEVARD SAINT-GERMAIN

MCMXX

André LAMANDÉ

Sous le clair regard d'Athéné

PARIS
LIBRAIRIE DELALAIN
115, BOULEVARD SAINT-GERMAIN

DU MÊME AUTEUR

—

POÉSIES

La Vie Ardente.

La Tranchée couronnée de Vignes. — (épuisé).

La Marne (1918), un acte en vers représenté, pour la première fois, à la Comédie-Française, le 13 septembre 1917.

PROSE

Pour paraître prochainement :

Le Dilemme, roman.

Pour Celle

dont l'amour fut, durant quatre années,

entre la Mort et moi

un invincible bouclier.

LES HEURES LUMINEUSES

LES ANTIQUES

L'AMOUR DANS LE SILENCE

La flûte de Lycas pour Myrtile module
Une chanson d'amour dans le bleu crépuscule,
Et Myrtile, qui rit dans l'ombre, vient charger
Du fardeau de son front l'épaule du berger.
Le chant de flûte cesse; un auguste mystère
Emplit la solitude immense de la terre
Où Lycas et Myrtile, enivrés de parfums,
Frissonnent au contact de leurs corps chauds et bruns.

Des lèvres de Lycas déjà l'aveu s'envole,
Mais Myrtile, sachant que vaine est la parole,
Le fait taire du doigt et déplace, à dessein,
La tête du berger qui roule sur son sein.
O volupté ! la nuit se parfume de roses,
Et, pour peser l'amour de leurs âmes décloses,
Ils le laissent tomber, ainsi qu'un sable fin,
Dans les balances d'or du silence divin.

L'INVITATION

Naïs, sur l'herbe molle où reposent nos chèvres,
Je presserai des fruits odorants pour tes lèvres
Et toi, tu mêleras, en gestes lents et doux,
Ta chevelure blonde à mes longs cheveux roux.
L'été bourdonne et brûle. O Naïs, sous les branches
Voici l'ombre. Sur moi pose tes deux mains blanches,
Laisse flotter dans l'air ton haleine et ta voix,
Et répands sur mes yeux l'eau fraîche de tes doigts.

VISION D'AURORE

Naïs, devant la mer, d'une main délicate,
Détache à son manteau la fibule d'agathe,
Et, sous l'ombre d'argent pâle des orangers,
Elle effeuille, un par un, ses vêtements légers.
L'onde à ses pieds s'allonge et lascive murmure.
Naïs déroule avec lenteur sa chevelure
Et, brusque, vers la mer, en poussant un cri fou,
S'élance, les cheveux bondissants sur le cou.
Le flot saisit Naïs, la roule et la parfume;

Mais elle, d'un coup prompt, se lève de l'écume,
Les deux bras arrondis, le corps souple et cambré,
Et dresse, au clair matin, vers le soleil doré,
— Vierge, vase vivant d'amour et pure amphore, —
Le marbre de sa chair qui ruisselle d'aurore.

MIDI ATTIQUE

Néère offre à Palès une amphore de vin.
« Prends, dit-elle. Midi ne brûle pas en vain,
Et ma boisson pour tes lèvres sera plus fraîche
Que la chair de la figue ou le jus de la pêche. »
L'éphèbe nonchalant qui daigne s'apaiser
Goûte au vin de Néere et demande un baiser.
Néere de nouveau lui tend l'amphore pleine :
« Les ruisseaux sont taris, le jour n'a plus d'haleine,
Mon Bien-Aimé, voici le breuvage des dieux,
Bois à même. » Il refuse alors, ferme les yeux :
« Je n'ai plus soif, va-t'en. » Soumise bien que lasse,

Néère aux seins puissants sur son épaule place
L'amphore et, vers les monts où chante la forêt,
En un balancement s'éloigne et disparaît.
Le jour brûle. Palès entr'ouvre la paupière,
Il étire ses bras transparents de lumière
Et mûrit, dans la plus exquise volupté,
La grappe de son corps au soleil de l'été.

VENDANGES

Les beaux adolescents pénètrent dans la vigne,
Linos aux bras velus, Nylène au col de cygne,
Myrtile, Thalétas, et vingt autres encor,
Front nu, des pampres verts ceignant leurs cheveux d'or.
Le matin rit d'amour; une flûte lointaine
Joue un hymne léger en l'honneur de Silène,
La terre en est émue, et les adolescents,
Qui mêlent aux chansons de flûte leurs accents,
Coupent les raisins bleus aux pentes de Corinthe.
Un rire aigu s'élève : « O ce Linos!... » Etreinte
Dans les deux bras velus ardents à la saisir,
Et sentant sur sa joue un souffle de désir,
Nylène, délicate, en mordant se délivre.

On applaudit. Linos, que cette lutte enivre,
Rejoint la jeune fille et, d'un coup rude et prompt,
La saisit par la taille et lui maintient le front.
Cheveux épars, Nylène est comme une Bacchante.
Et le faune Linos prend des grains d'alicante,
Les écrase, et barbouille, avec leur sang vermeil,
La face de Nylène étendue au soleil.

EN MARGE DE PLATON

Marsyas de Lesbos, l'harmonieux Silène,
Sur la flûte en roseau fait chanter son haleine.
Il charme bois, vallons, et ses touchants accords
Ont ravi la Naïade et le berger tranquille,
Et les adolescents des temples de la ville
Vers lui montent offrir la beauté de leur corps.
Toi, sans frêle pipeau ni flûte délicate,
Tu charmes mieux encore, ô splendide Socrate,
Homme divin, Silène immortel qui sourit.
Nos jeunes ans, pour toi groupés en auréole,
Tressaillent à l'aimable ardeur de ta parole,
Et tu nourris nos cœurs au pain de ton esprit.

EN MARGE DE LONGUS

Chloé, jeune bergère ancienne, vous êtes
L'image du printemps que couronne l'amour
Et vos yeux ont l'éclat sombre des violettes.
Les arbres au zéphyr jettent des fleurs, le jour
Nimbe d'or lumineux votre tête d'ivoire,
Mais vous pleurez, hélas ! et les nymphes des bois
Ecoutent le plaintif appel de votre voix :
« Que ne suis-je, ô Daphnis, ta chevelure noire
« Pour couvrir ton épaule et parfumer ton corps,
« La flûte qui reçoit du baiser de ta bouche
« Une haleine chantante en de touchants accords,
« Et la paille menue où ta beauté se couche.
« Que ne suis-je, Daphnis, le fruit mûr que tu mords ! »

C'EST BIEN LA PIRE PEINE...

(VERLAINE.)

LA LAMPE D'AMITIE

La lampe d'amitié que ta main frêle pose,
Parmi les fleurs d'avril et les livres ouverts,
Sur ma table, où j'ai lu pour toi mes derniers vers,
Est un bijou de vieil argent et d'onyx rose.
L'orgueil du jour s'étend sur la ville. Tes yeux
Brillent, pleins de jeunesse et de fine indulgence,
Tes discours ont des mots tendres et lumineux,
Et je nourris mon cœur à ton intelligence.
Mais la nuit vient. Tu pars. L'ombre envahit la cour.
Un dernier angélus s'alanguit sur la ville.
O femme! l'amitié s'éteint avec le jour,
Et je lève, en pleurant de tendresse et d'amour,
Mes yeux inconsolés vers ta lampe inutile.

LA MAISON TE SOURIT

La maison te sourit ainsi qu'un clair visage.
Viens, elle attend pensive et douce ton passage;
Le soir bleuit sa robe, et son front délicat
Est ceint d'une couronne en pampres de muscat.
Viens... Les portes pour toi ne seront jamais closes;
Le seuil blanc est jonché de pétales de roses,
Les colombes roucoulent d'amour sur le toit
Et les tournesols d'or s'inclineront vers toi.
Jeune fille, le soir lumineux et paisible
Est empli du parfum de ta chair invisible;
Je t'appelle, et je tremble, et je crois voir enfin
Le profil de ton corps sur le seuil du jardin.

Le soir est indéfinissable.
Quel amour, et quelle langueur !
Il pleut des larmes dans mon cœur,
Il pleut des feuilles sur le sable.

NOCTURNE

Tu viendras par un beau crépuscule de mai;
Les jardins seront bleus, et le sol parfumé
S'alanguira sous les caresses de la lune.
Mon âme cherchera ton âme; une par une
Les étoiles ainsi que des fleurs écloront,
Et je rafraîchirai mes deux mains sur ton front.

LE LIVRE INUTILE

Elle relit un livre et ne peut le comprendre.
C'est juillet. Le jardin voluptueux et tendre
Palpite à son réveil comme un être vivant
Et le soleil tiédit la caresse du vent.
Elle clôt dans ses mains le livre. Sous les branches
Dorment des vases bleus et des nudités blanches;
Elle sourit à l'heure et sent, avec douceur,
L'arome des rosiers qui parfume son cœur.
Ses seins sont soulevés d'un trouble vague; en elle
L'été fécond dépose une flamme nouvelle,
Son front penche, ses bras s'alanguissent d'amour,
Et le livre, à ses pieds, choit comme un fruit trop lourd.

LES JOURS TRAGIQUES

AUX FEMMES DE FRANCE

I

Femme, que la douleur ne t'accable jamais
Comme un pesant fardeau des épaules trop frêles;
La mort sur ton amant peut refermer ses ailes :
Il est vêtu de gloire et d'immortelle paix.

Tu l'avais vu pareil au blé dans la prairie
Et pareil au sachet qui parfume le corps.
Heureux l'encens qui brûle, heureux les soldats morts,
Heureux le pur froment qui nourrit la Patrie.

Sois fière de souffrir et ne te plains qu'à Dieu.
Bien qu'elle soit mortelle et qu'elle te consume,
Au-dessus de ton front, femme, sans amertume,
Elève ta douleur comme un vase de feu.

II

Gardez pieusement leur mémoire fleurie
Et, prêtresses de gloire, au marbre des tombeaux
Tressez du laurier vert les flexibles rameaux :
Les dieux, les jeunes dieux sont morts pour la Patrie.

Ils ont offert pour nous la beauté de leurs corps,
La flamme de leurs yeux vers le sol s'est tournée,
Et nous ne verrons plus le printemps de l'année...
Femmes de mon pays, les jeunes dieux sont morts.

Vous les aviez connus, votre douleur éclate;
Ils sont amants pour vous avant d'être des dieux,
Et, tout humainement, vous laissez de vos yeux
Les larmes d'or mouiller leur linceul écarlate.

DANS LA TRANCHÉE

CISELEUR DE BAGUE

Sur l'anneau de métal léger, soldat, n'oublie
Ni le sauvage houx dont la fleur est jolie,
Ni la vigne flexible aux pesants raisins d'or.
Cisèle toutes fleurs de France, et plus encor
Les feuilles que l'hiver ne ternit quand il passe :
Leur verdoyante ardeur reflète notre race.
Si donc, sûr de l'adresse aimable de tes doigts,
Tu veux te surpasser dans une œuvre de choix
Où la grâce pensive à la beauté s'accouple,
Enlace, dans l'éclat d'une guirlande souple,
— Gage de travail noble et d'un doux lendemain, —
Le gui sacré de Gaule au vieux myrte romain.

SOLDAT BASQUE

Je l'ai vu, désirant une dernière fois
Jouer un air natal sur sa flûte de bois,
Et, bien qu'il eût le front nimbé d'une blessure,
Faire chanter son âme en une haleine pure.
Il disait la douceur des femmes de chez lui,
Le travail journalier, propre au facile ennui,
De grouper, chaque soir, blancs sous la blanche lune,
Les moutons égrenés dans la montagne brune.
Son ardeur tout à coup l'abandonna; ses yeux
Tournèrent en dedans leurs deux points lumineux,
Mais ses doigts, se levant et s'abaissant encore,
Cherchaient les trous creusés dans le roseau sonore;
Puis, consumant son âme en un souffle léger,
Il sourit à sa « mie » et mourut en berger.

GUETTEUR LANDAIS

Dans le bleu du créneau la plaine se repose,
Et la lumière étend sa main fluide d'or
Sur les champs d'herbe drue et l'aile d'un toit rose.
Au creux des épis mûrs un peu de soleil dort.
Et le guetteur, aux yeux usés de vigilance,
La tête entre les poings, esprit et membres las,
Ecoute bourdonner l'implacable silence.
Il revoit, débordant d'oiseaux et de lilas,
Dans un pays marin parfumé de résine,
Le jardin familier où l'attend sa voisine.

Son beau corps allongé sur le sol attiédi,
Elle goûte, en rêvant, l'ardent après-midi,
Elle redit le même nom en un murmure;
Et de ses doigts, brunis comme une figue mûre,
Elle caresse au front, en un geste charmant,
Les lointaines douleurs de l'invisible amant.

LA SENTINELLE

Posant sa face pâle en un coin de la nuit,
Il semble une rigide et vivante statue
Que d'invisibles mains de pénombre ont vêtue.
Il regarde le ciel : nulle étoile ne luit;
Il n'entend plus le sol sonner sous un pas rude.
Un silence tombal emplit la solitude.
C'est l'heure de veiller sur l'âme et sur la chair,
Car l'homme de courage et de mâle endurance
Que ne peut ébranler ni le feu ni le fer,
S'émeut de l'inconnu qu'enferme le silence.
En vain veut-il garder cœur noble et penser droit.

Un brouillard obscurcit ses yeux et l'environne.
Il veut agir. Le sang à ses tempes bourdonne,
Et tous ont éprouvé cet invincible effroi
Qui courba, sous le faix d'une angoisse infinie,
L'âme du grand Pascal suant son agonie.

EN MARGE DE MONTAIGNE

Enfin je vois un homme, et si simple, qui prend
Son visiteur au bras, l'amuse, le promène,
Et court, à tout hasard, les champs de son domaine.
Il cueille le mot juste et lui donne son rang,
Sans craindre sa verdeur ni chercher son lignage.
D'un tour de main, il nous décrasse, esprit et cœur,
Nous tous, pauvres enfants trop férus d'escholage.
Il porte les yeux clairs et le regard moqueur.
Surtout, regardez-le gourmander. Sa personne

Dit en ses moindres traits la finesse gasconne.
C'est un sage qui rompt l'orgueil en souriant.

Doux Montaigne ! Son livre est un recueil friand.
Il m'attire, j'y vais, et, le soir me régale
A picorer les grains de sa grappe frugale,
A barbouiller mes dents aux fruits de son enclos.
Mais la nuit tombe, hélas ; le vent fraîchit ; je clos
Le livre de sagesse aimable ; j'en oublie
La guerre interminable et sa mélancolie,
Et je mets sous ma tête, afin de sommeiller,
Ma jeune insouciance en un mol oreiller.

LE CHERCHEUR DE POUX

L'ombre verte du saule est comme un bain d'eau vive
Où frissonnent, penchés au miroir de la rive,
Le buste vigoureux et les longs cheveux roux
D'un soldat demi-nu, chercheur de petits poux.
Il en trouve un, le tue, et, sous l'ongle sévère,
C'est une mort infime en un bruit clair et doux.
Puis, allégé, n'ayant aucune tâche à faire,
Le soldat sort de l'ombre et, droit dans la lumière,
Il purifie, au feu bourdonnant de l'été,
Ses épaules de marbre et son linge infesté.

NUIT DE NOEL

C'est fête en la cagna d'argile. Autour du feu
Les quarts d'aluminium et les bouches gourmandes
Se tendent vers un punch qui vacille, or et bleu.
Plaisir bruyant, jurons de tavernes flamandes.
On s'étourdit, afin d'oublier que, chez soi,
La femme, en cape brune et robe de futaine,
Va demander un peu d'espérance et de foi
A l'enfant nu qu'un bœuf chauffe de son haleine.
Mais l'ancien souvenir persiste. Le bruit
Lentement s'éparpille et tombe, cendre morte;
Et voici la beauté divine de minuit
Qu'une invisible main dans le silence apporte

Le feu tressaille et meurt. Alors, venant ployer
Lourdement son corps las aux briques du foyer,
Un soldat s'agenouille et, penché sur la flamme,
En ranime l'ardeur au souffle de son âme.
Vingt fois il recommence, et ce soir enchanté,
Riche de sa légende exquise et des trois messes,
N'a connu plus beaux dons ni meilleures promesses
Que ce geste d'amour et cette humilité.

LES RÉVOLTES

LA SAPE

Le jour s'estompe. Le ciel bas
Reflète la mélancolie
De notre pauvre sœur la pluie
Qui danse, danse, à petits pas.

Entrons. La sape s'ouvre, noire.
Mon enfance, tu te souviens?
Toujours dans nos rêves anciens
Les soldats chevauchaient la gloire.

Je tremble de froid. Il fait nuit.
Qui donc m'avait promis la fête
D'une charge à la baïonnette?
La guerre est un immense ennui.

Il pleut. Ne parle ni ne pense.
Las par le cœur et le cerveau
Dévide et file l'écheveau
D'une éternelle patience.

LE SILENCE

Nuit légère d'argent lumineux et de gel,
Où le silence seul emplit la solitude.
Et c'est une beauté particulière et rude
Qui fait près de Watteau surgir le vieux Breughel.

Implacable beau soir fleuri d'étoiles blanches,
Tu déroutes le cœur et blesses la raison.
Ici, l'on s'est battu : contemple la moisson
Des jeunes preux couchés comme de vertes branches.

Ils étaient le printemps de l'année et la fleur
Dont le calice est lourd de semence féconde;
Trop purs pour s'attarder aux étables du monde,
Ils ont mieux fait que vivre, ils sont morts à l'honneur.

N'est-il rien en cela, nature, qui t'attriste?
Tes astres seraient-ils frappés de cécité?
Je jette un cri d'horreur à ta froide beauté
Où le silence seul obstinément persiste.

L'ASSAUT

On nous a dit : « Encore un quart d'heure ! » Mon Dieu,
Comme ma chair défaille, et je jette en déroute
Mon esprit vers la lointaine, la bonne route
Du passé. O ma mère, ô ma sœur, vous, le peu

De mes amis, voyez mon angoisse et la lutte
Que je livre en moi-même et qui ne paraît point
Au soldat d'à côté, mon juge et mon témoin.
J'ai la soif que Jésus connut à la minute

De mourir : « Eloignez de mon humanité,
De mes yeux, de mes bras agrippés à la terre,
Cette mort effrayante et pourtant volontaire,
Et qu'il faut que j'impose à mon corps révolté. »

Aurais-je peur? Qui? Moi?... Mais vers l'été qui brûle,
Vers les fleurs, et la mer tranquille, et le ciel bleu,
Vers l'Amour que portait sur ses lèvres de feu
La vierge défaillante en un doux crépuscule,

Vers la vie et la paix mon être tend encor.
Il ne faut pas. Je dois me battre. Allons, cœur lâche !
Et me voilà debout pour la tragique tâche.
Quelle pâleur au front et quel ardent effort !

« Voici l'heure ! » Est-ce vrai? L'attaque ! ô pleurs ! ô joie
Silencieuse. Extase en moi... C'est donc fini
De l'attente fébrile et perverse, parmi
La pluie en lourds obus qui déchiquette ou broie?

Voici l'heure. « En avant, les gars ! » C'est tout. D'un saut
Hors la tranchée, on va. Nulle musique en tête.
Ni fleurs, ni chants, ni cris. Vers la première crête,
On va, sous l'effrayant silence de l'assaut.

RENONCEMENT

UN AMI M'A ECRIT :

Nous avons accepté la mort, et la voici
Tout simplement, qui vient dans cette salle blanche
Où mon corps se gangrène et mon sang se noircit.
Des cloches au lointain bourdonnent. C'est dimanche.
Au jardin, par la porte entr'ouverte, je vois
Des bouquets d'arbres blancs que la brise secoue
Et du lierre grimpant à la grille de bois.
Une ronde légère et bruyante dénoue
Et renoue, en chantant des refrains ingénus,
De lumineux enfants dont les mollets sont nus.

C'est juste. Nous passons, notre tâche finie.
Le jour s'orne pour moi de paix et d'harmonie,
Et je rends grâce au ciel d'égayer mon trépas
De lumière chantante et de jeunesse douce.
Adieu, ce que j'aimais ! Je glisse, sans secousse,
Vers le fleuve éternel d'où l'on ne revient pas.

LA SUPREME TRISTESSE

Mon ami, je ne pleure, en ce soir, ni tes yeux
Où je voyais jaillir l'idée en un sourire,
Ni ta bouche chantante et qui savait bien dire,
Ni même tout ton corps flexible et vigoureux.
Nous ne sommes qu'un peu de cendre, et tu reposes,
Toi qui connus l'orgueil de mourir au grand jour,
Sous un tertre au soleil que couronnent des roses.
Mais — dans le désespoir de mon immense amour —

Je cherche les débris de ton intelligence.
Je voudrais retrouver sa flamme et retenir
Tout ce qu'elle enfermait de joie et de science
Pour embraser le cœur des hommes à venir.
Hélas, elle n'est plus, et, — tristesse suprême —
Ne s'était pas encor révélée à toi-même.

HEROS INCONNU

Dans le geste éternel d'une héroïque pose
Il s'endormit, et nul de ceux qui monteront
Vers la molle colline où, cendres, il repose,
N'a vu sa lèvre pâle et l'orgueil de son front.
Nul ne le connaîtra. Mais, fidèle à sa tombe,
Un arbre rit et chante en l'aurore de mai,
Le chœur de ses rameaux tremble au vent parfumé,
Et c'est une moisson de fleurs blanches qui tombe.

ÉPITAPHES

A la chère mémoire de mon capitaine,
Jacques Lacôme d'Estalenx,
mort en première ligne, le 14 juillet 1917.

I

Il mourut, les doigts joints sur la poitrine, et celle
Qui l'aimait tant, au soir, vint doucement poser
Sur la face du mort un mouchoir de dentelle,
Afin que ce beau front qui connut son baiser,
Ces lèvres et ces yeux tournés vers le mystère
Ne fussent pas souillés au contact de la terre.

II

Ne porte ni fruits mûrs, ni vase blanc de lait,
Sur la tombe légère où ton amant repose,
Mais plante un vert rosier qui laisse, rose à rose,
Défaillir ses parfums dans le soir violet.
Il lui rappellera ton amour, et la grâce
De ses frêles rameaux tes bras liants et doux;
Ses épines diront qu'il eut le cœur jaloux,
Ses frais pétales nus ta jeunesse qui passe.

CARPE DIEM...

La brume se déchire et l'argent du matin
En vives flammes court sur la colline nue.
La saison de lumière aimable est revenue.
Levons-nous et tendons vers l'astre encor lointain
La palme de nos corps que l'hiver a flétrie.
Il est bon d'oublier qu'on est homme et, parfois,
De vivre comme l'herbe au flanc de la prairie.
La tranchée est un cloître aux promenoirs étroits
Où l'esprit se macère et la chair agonise :
Nous sommes le ciment d'une nouvelle église
Et nous n'attendons plus des hommes et des dieux
Q'une rapide mort qui nous ferme les yeux.

Cueillons le jour ! L'aurore à l'horizon flamboie,
Un arbre, lourd d'oiseaux, chante un hymne de joie.
Levons-nous, levons-nous et, les deux bras ouverts
Comme si nous voulions étreindre l'Univers,
Laissons monter en nous de l'antique Cybèle
L'âme végétative et la force éternelle.

LES TENDRESSES

FIDELITE

Ma joie est de savoir qu'au loin tu continues,
Simple, front relevé de grâce et de raison,
Le travail familier de tes deux mains menues.
Tu rattaches la vigne au mur de la maison,
Le jardin croît, les fleurs se colorent, nos arbres
Mêlent une ombre bleue à la blancheur des marbres,
Leurs rameaux enlacés font un arc verdoyant,
Et l'aimable rucher bourdonne en te voyant.
Qui devine en ton cœur une intime blessure?
Tu souffres en silence, et ta fidélité
Royalement s'élève au soleil de l'été
Comme un grand lis hautain dans un vase d'eau pure.

UN GOURBI FUME

Un gourbi fume. L'heure lente
Emplit la plaine de douceur.
Pourquoi cette ombre sur mon cœur?
Pourquoi cette chanson dolente?

Que le soir m'exalte ! Est-ce à moi
De laisser au courant de l'heure
Voguer ma pauvre âme qui pleure,
Qui pleure et demande pourquoi?

Je me souviens ! Cette fumée,
La douceur de cette saison
M'ont emporté vers la maison
Où m'appelle la Bien-Aimée.

LES DEUX BAISERS

Nous attaquons, au jour, la colline ennemie,
Et je fais, dès ce soir, le don de tous mes biens.
Que le sol soit léger à mes vieux os chrétiens
Et la lumière douce à mon âme endormie.
J'ai tout donné. Je pars. Mais je conserve encor
Deux baisers en mon cœur qui me sont un trésor :
Ton dernier, ô ma mère, et ton premier, ma mie.

CONSOLATION

Ne brûle pas tes yeux de larmes et renoue
Ces cheveux languissants dont se voile ta joue.
Entends mon pas. C'est moi qui viens. Je suis vivant
Et t'aime. Bois mon souffle en l'haleine du vent,
Que la nuit te soit fraîche ainsi que les mains nues
Dont je couvrais ton front, le soir, dans le jardin.
Je suis vivant ! Ce cri monte dans le matin
Comme un jet de lumière et dissipe les nues.
Il fait jour. Le soleil éclate. Ton amant
Vit ! Crois-moi ! Bientôt je reviendrai simplement
Comme m'ont toujours vu les hommes et les choses.

On ouvrira la porte et j'entrerai. Des roses
Effeuilleront leur grâce en pétales légers
Sur la table d'étude où rêva ma jeunesse.
Je suis vivant ! Souris à la nature et laisse
Aux murs de la maison les verts pampres chargés
Du muscat savoureux que la guêpe dévore :
J'aime cueillir les fruits tout humides d'aurore.
Je crus mourir, c'est vrai. Mais qu'importe ! Je viens.
Ceins ton front du rameau des rêves anciens,
Illumine tes yeux d'un rire. Ma pensée
Au rosier de ton cœur fut toujours enlacée.
Me voici. Je te vois défaillante, et, tout bas,
Tu dis : « Est-ce bien lui, mon Aimé? Que je touche
Son visage ! » Et la fleur ardente de ta bouche
Se tend, et ton beau corps s'écroule dans mes bras.

Hôpital de Coblenz.

Août 1917.

MELANCOLIQUE SOIR

L'ombre du soir revêt de légère turquoise
Le jardin frais, le parc, et la blanche maison
Qui riait au soleil sous un chapeau d'ardoise.
L'auvent du toît, les murs de pierre, le gazon
Du palier, tout bleuit, se confond et s'efface.
Les reliefs orgueilleux ne laissent plus de trace.
Mais de l'intérieur où se distille encor
L'essence de la vie intime et familière,
Des lampes, une à une, en larges nappes d'or,
Ont épandu le tendre éveil de leur lumière.

La nuit s'éclaire, et c'est comme un peu de bonheur
Qui vient de la maison diaphane et s'égoutte
D'arbre en arbre, de fleur en fleur, jusqu'à la route
Où se tend grand ouvert le vase de mon cœur.

Hôpital de Coblenz,

Août 1917.

EN ECOUTANT UN « LIED »

La voix qui chante est, je sais bien
Naïve et claire,
Mais que m'importe, en elle rien
Ne peut me plaire.

Pourtant j'écoute chaque fois
La cantilène,
Et plus douce devient la voix
Plus j'ai de peine.

O mon pays !... Où donc es-tu.
Nive endormie,
Et toi, le beau col dévêtu
De mon amie?

Hôpital de Coblentz,
Août 1917.

IL PLEUT...

Il pleut. Voici les nuits de la longue saison
D'automne. Clos le parc, verrouille la maison
Et de mon souvenir peuple ta solitude.
Notre chambre d'amour te réclame. Assieds-toi,
Et, la tête pensive en l'ombre qui s'accroît,
Elève la clarté de ma lampe d'étude.
Prends mes livres ouverts sur la table, au hasard,
Et redis de ta voix profonde — hélas ! qui tremble —
Les poètes aimés que nous lisions ensemble,
Longus, et Théocrite, et l'aimable Ronsard.

Leur charme bucolique à ton âme sut plaire.
Mais tu pleures déjà. Tous ces hommes divins
Qui t'enchantaient jadis à leur flûte légère
Ne modulent pour toi que sons tristes et vains.
Tes yeux de larmes d'or inondent ta figure,
Et tu redis : « Quand donc entendrai-je celui
Dont un seul mot suffit pour chasser mon ennui,
Et qui, le soir venu, dénouait ma ceinture? »

Hôpital de Coblenz,
Septembre 1917.

LE POÈME DU RETOUR

LA VIE RENAIT

LES CLAIRES MAISONS...

O les claires maisons de verts jardins encloses !
O soleil ! Le bonheur brille sur les toits roses.
Il captive mes yeux qui n'ont, depuis deux mois,
Vu la simplicité d'un accueil villageois.
Une ronde d'enfants piétine l'herbe drue,
Tous les murs sont encor debout dans la grand' rue.
Au clocher l'angélus tinte ses derniers coups.
Je vais au vent, le jour chante, le ciel est doux,
L'eau verte d'un canal traîne sa nonchalance.
O joie ! excès de joie ! ô pleurs ! divin silence !

Ai-je rêvé la guerre et mes nobles amis
Ne sont-ils plus, là-bas, à jamais endormis?
La mort autour de nous s'asseyait, familière,
Et nous prenait, le soir, dans un baiser d'horreur.
Aujourd'hui, c'est un bain d'eau vive et de lumière.
Trop brusquement la vie a reconquis mon cœur.
Elle bondit en moi, m'enivre, et j'aurais peur
De sa force d'amour jusqu'alors inconnue,
Si la nuit apaisante au sourire indulgent
Ne répandait les fleurs de ses astres d'argent
Sur le canal où dort l'eau frissonnante et nue.

L'INSTINCT DE LA VIE

Aimez la vie, et que vos mains, chaque journée,
La couronnent de verts et flexibles rameaux.
C'est nous seuls qui faisons nos peines et nos maux;
Nous fanons en un soir les roses d'une année.
Que de soldats tombés près de moi ! Chacun d'eux
Tourna vers le pays lointain de son enfance
Ses yeux las de souffrir et ses bras sans défense.
Tous aimaient à revoir, au long des champs herbeux,
De blonds maïs, un frais jardin luisant, des branches
Versant une ombre verte aux briques des vieux murs,
Et des femmes, filant, rire de leurs dents blanches
A de beaux enfants nus qui mordent des fruits mûrs.

Ils entraient dans la mort, mais leur âme rebelle
Se tendait vers la vie et, se réclamant d'elle,
S'y rattachait, en un multiple et vain rameau,
Comme une jeune vigne au tronc d'un vieil ormeau.

ENFIN, JE PUIS POSER MON FRONT NU...

I

Enfin, je puis poser mon front nu dans tes bras,
Et me montrer moi-même, et dénouer la chaîne
De ces vains mots qu'on dit pour exprimer sa peine :
Toi seule me comprends si je ne parle pas.

Vois en mes yeux mon âme à fleur d'eau qui rayonne,
Vois ma bouche, mes mains, mon corps qui, par le fer,
Et le froid, et la boue, a tellement souffert.
Fais-moi de tes cheveux épars une couronne.

En paiement de ces jours de douleur et d'orgueil,
Tout étonné de vivre encor, je ne demande
Que des baisers en pluie à ta lèvre gourmande,
Et l'ombre de ta robe aux marches de mon seuil.

II

As-tu gardé ta fraîche et brusque gourmandise?
Entrons. La lune pleure au feuillage des buis,
La chambre nous accueille et, sur la table mise,
Vois le pain blanc, l'eau pure, et la coupe des fruits.
Prends en tes doigts menus cette pomme encor verte,
Mords à même et me montre au luisant de sa peau,
Comme un baiser, comme un sachet, comme un étau,
Le fougueux appétit de ta bouche entr'ouverte.

III

— Le soleil t'a meurtri le front, ta gorge est sèche.
Bien-Aimé, que veux-tu ? Les figues ou l'eau fraîche
Qu'à la source j'irai moi-même te puiser ?
— Laisse l'eau dans son cours et le fruit sur la branche.
C'est de toi que j'ai soif... Ouvre tes bras et penche
Ta tête, vase pur où je bois ton baiser.

EVOCATION

Te souvient-il des jours lointains de Fêtes-Dieu?
Nous avions le cœur simple et pur, l'âme en prière,
Nos beaux yeux souriaient de joie et de lumière,
Et la foi nous ceignait d'un large ruban bleu.

Les roseaux verts, coupés le matin sur la berge,
Jonchaient les durs pavés sous la ville à genoux;
Et les draps parfumés d'anis, piqués de houx,
Vêtaient chaque maison d'une robe de vierge.

Nous portions, tout émus, d'adorables présents,
Des oiseaux et des fruits dans des corbeilles closes,
Et nôtre enfance blonde aux deux pommettes roses
Souriait à la vie à travers de l'encens.

C'était à l'heure calme, à la fin d'un dimanche.
L'évangélique paix tombait avec le soir;
On bénissait les fleurs d'un dernier reposoir,
Et la procession s'éloignait toute blanche.

DANS LA PACIFIQUE NATURE

L'APPEL AU SOIR

Les langueurs du couchant augmentent la tendresse
De la fermière, seule au soir, dont la main presse
Craintivement le sein où, lassé de soleil,
Son jeune époux connut l'amour et le sommeil.
Le val bleuit, des troupeaux passent; la fermière
Interroge d'abord la route familière,
Puis cherche, en vain, des yeux, sur l'immense labour,
Le robuste profil de son homme au retour.
Alors, ouvrant les mains à l'entour de sa bouche,
Elle pousse un long cri de détresse farouche
Et jette, aux mille échos des plaines et des bois,
Le nom de son époux qu'elle clame en patois.

FORGERON DE CAMPAGNE

Dans l'atelier sonore où l'ombre s'est accrue,
Les énormes marteaux sur l'enclume ventrue
Battent leurs derniers coups, et l'heure qui s'endort
S'allonge en un linceul léger de pourpre et d'or.
Trouant le crépuscule avec sa tête noire,
Vers le gué communal où les bêtes vont boire,
Le forgeron descend la route de cailloux.
Son tablier de cuir le ceint jusqu'aux genoux.
Il dévêt, lentement, sa massive encolure,
Et, vibrant, musculeux, nu jusqu'à la ceinture,
Il inonde à grande eau le bronze de sa chair.

Le jour s'éteint, le vent fraîchit, l'Angelus tinte,
Des bœufs, montant du val, poussent leur longue plainte
Et martèlent la nuit de leurs sabots de fer.

L'AVEUGLE

I

Debout, le buste droit contre un chêne noueux,
Il soupèse le bruit des chevaux et des bœufs
Qui vont, calmes et lourds, et martelant la plaine;
La chaleur croît; le jour comme une vasque pleine
Déborde, et le bonheur de vivre est plus léger.
Des ruches sous les fleurs bourdonnent; un berger
Joue un air langoureux pour ses chèvres repues.
La chaleur croît toujours et les voix se sont tues.

L'aveugle alors s'avance et, le front haut, la main
Tendue, il cherche appui sur l'azur du chemin.
L'été brûle; la terre en est toute vibrante;
Et l'aveugle, qui rit, suspend sa marche errante.
Frémissant, dans l'espoir d'un bonheur sans pareil,
Il ouvre, en une pose antique et coutumière,
Les trous noirs de ses yeux éblouis de soleil
Et caresse, des doigts, l'invisible lumière.

II

Ses yeux morts, il revient à pas lents, chaque jour,
Vers la prairie en fleurs où chante la lumière
Et se plait aux parfums des rosiers d'alentour.
Il entend, comme un bruit d'une foule en prière,
Les épis sous le vent qui se choquent entre eux.
Son oreille devient subtile, et sa main brune
Reconnaît au toucher, sur les arbres noueux,
L'abricot velouté de la rugueuse prune.
Mais plus que le parfum des roses et du buis,
Plus que les épis lourds de richesse, ou les fruits
Qui fondent sur la bouche en une source fraîche,
Plus que la figue grasse et la moelleuse pêche,
Il aime le baiser farouche du soleil.

Il tend vers lui ses bras, ses yeux, son front vermeil.
Et l'aveugle dont l'âme ardente s'amenuise
Mûrit son corps robuste à l'éternel été
Que chante la lumière et qu'attiédit la brise.
Et sa face s'éclaire en un rire enchanté,
Quand bourdonne, en tournant autour de ses oreilles,
La farandole d'or des joyeuses abeilles.

BEAU SOIR DE PAIX

L'heure de paix émue et de soir qui se fane,
Entre toutes ses sœurs est la plus diaphane.
Le soleil disparu laisse flotter encor
Sur la côte du fleuve un long poudroiement d'or.
Les deux ailes au large, une barque tranquille
Glisse sa nonchalance à la pointe d'une île;
Et l'ombre de la barque et de l'île aux roseaux,
Afin de nous montrer l'âme vaine des choses,
Se reflète au miroir silencieux des eaux.
Puis, tout s'estompe et meurt. La terre est au repos.
Deux étoiles d'argent dans le ciel sont écloses.

RELEVAILLES

Dans l'ombre du jardin lumineux où le soir
S'attarde, Magdala vient doucement s'asseoir
Et berce dans ses bras un enfant qui sommeille.
La terre est chaude encor de ce long jour d'été.
Un fruit brun se détache et s'écrase, une abeille
Bourdonne, et, alourdie en sa maternité,
Cils baissés, un léger sourire à ses dents blanches,
La jeune femme, lasse et prise de langueur,
Aux parfums du foin mûr abandonne son cœur.
Elle écoute. Soudain, venant battre les branches,
Un Angelus s'éveille et grandit, peu à peu.

Lors, Magdala s'étonne et sent renaître en elle,
En cette mort du soir mollement sensuelle,
La gourmandise exquise et terrible de Dieu.
Elle n'a pour prier ni formule, ni livre;
Le soir plus attendri la caresse et l'enivre,
Femme religieuse et païenne à la fois.
Ah ! quelle faim d'amour. Pour apaiser sa fièvre,
Aux mains de son enfant elle pose la lèvre,
Et, lentement, avec la ferveur d'autrefois,
L'égare au chapelet charnu des petits doigts.

EN MARGE D'UNE RONDE

Fillettes, qui tourniez des rondes dans la rue,
La saison revenue, allez encore au bois
Couper les lauriers verts en une moisson drue.
« La Belle que voici » viendra, comme autrefois,
Ramasser leur dépouille en sa robe légère.
Et toutes vous irez, en vous tenant les mains
Et dansant au soleil — pour rire et pour nous plaire —
Vers les tombeaux sacrés qui bordent les chemins.
Le sol tressaillira de joie à votre ronde,
Et les adolescents, qui sont morts en guerriers,
Préfèreront aux fleurs des verdoyants lauriers
Vos pas harmonieux effleurant l'herbe blonde.

NOUVELLES PANATHENEES

Mes enfants, mes plus beaux enfants, sont mes journées,
Vierges en blancs péplos vers le soleil tournées,
Dont les agiles mains ne trament plus le fil
Du labeur que j'aimais patient et subtil.
La première, en jouant, peigne sa chevelure,
Sa sœur en un pipeau souffle une haleine sûre,
Et levant et baissant, tour à tour, ses dix doigts,
Fait chanter la lumière et tressaillir le bois.
Les autres, sur la berge et mollement vêtues,
Offrent au vent léger leurs beaux corps de statues,
Et toutes, dissipant ma vie en nonchaloir,
S'alanguissent d'amour et meurent dans le soir.

Je veux, dès aujourd'hui, maître de mes journées,
Les diriger, ainsi que des Panathénées,
Vers les autels fleuris d'un nouveau Parthénon,
Et leur montrer ta gloire et leur dire ton nom,
O Travail, dont le joug peut, sous des mains savantes,
Fléchir, s'orner d'émaux et se fleurir d'acanthes.

LES HOMMES ET LES DIEUX

SAINT PAUL

Le Pentélique dort. L'Hymette plein d'abeilles
S'apaise et le soir bleu s'épand tout parfumé.
Et l'Apôtre, le front contre son poing fermé,
S'accoude au frais paros des terrasses vermeilles.
Il écoute. Tambours et flûtes, au lointain,
Préludent aux chansons sur les collines saintes
Où Vénus vient orner le siècle libertin
De grappes de narcisse et de fleurs d'hyacinthes.
Elle approche; la nuit frémit de volupté;

Et l'Apôtre chrétien, justement irrité,
Menaçant des deux bras les faux dieux de l'Attique,
Dit, par trois fois : « Sépulcre immonde aux marbres blancs,
Recouvert du manteau doré de ton éthique,
O Athènes, la pourriture est dans tes flancs ».
L'écho lui répondit par un joyeux murmure
Et des hymnes légers où se mêlait le nom,
Le beau nom de Vénus aux vers d'Anacréon.
L'heure était parfumée et mollement impure,
Nul ne croyait au mal tant le ciel était doux.
Mais Paul, ayant dompté sa chair par le cilice,
Les yeux levés, les bras tendus, à deux genoux,
Pour le rachat des Grecs s'offrit en sacrifice.
Il priait, et son cœur n'avait plus de courroux :
« Dieu de Damas, O Christ de tendresse infinie,
Qui connûtes l'horreur de la soif et du fer,
Je porterai partout votre croix sur ma chair;
Le monde n'a d'espoir que dans votre agonie,
Car si les fils d'Hellas sont fils de l'harmonie,
Si leur corps est superbe et leur souffle embaumé,
Si leurs temples ont pris des tailles surhumaines,
Leurs dieux ne savent pas se pencher sur nos peines :
N'ayant jamais souffert, ils n'ont jamais aimé !
Le monde a soif du Christ; sans vous connaître, l'homme

A gravé sur les murs son désir de vous voir;
Il attend votre croix, et de Corinthe à Rome
J'irai la lui porter sous une aube d'espoir.
Mes mains ploieront vers Vous l'humanité conquise...
Mais que suis-je, Seigneur? Et mon âme s'épuise,
Je défaille, et je m'abandonne à votre amour. »

Il dit. Le vent léger emporta sa parole,
Et l'Apôtre à genoux, méditant jusqu'au jour,
Vit le char d'Apollon éblouir l'Acropole.

MICHEL-ANGE

Dans le jeune atelier du sculpteur, la Matière
S'offrait, inerte et blanche, au baiser de l'Esprit.
Michel-Ange, le buste haut dans la lumière,
Eut peur de violer les flancs nus de la pierre.
Il détourna la tête et tristement sourit.
L'incertitude sombre et la douleur hautaine
Avaient déjà broyé son cœur, meurtri sa chair,
Et martelé son front comme un masque de fer.
Deux époques heurtaient en lui leur vieille haine :
Le Moyen-Age roide où la forme n'est rien,
Et la Grèce superbe en son galbe païen.

Il vit, dans l'atelier, ses dernières statues,
Bacchus ivre, Adonis mourant, toutes les deux
Belles, de nudité nonchalamment vêtues,
Et sentit dans son cœur, libre et victorieux,
Rouler le paganisme avec le sang des Dieux.
Les Dieux? Hélas! Le cygne a refermé son aile :
Le beau corps de Léda s'en est fait un linceul.
Les Dieux aimés sont morts! Mais il est un Dieu seul,
Le Dieu des Dieux, l'Unique, et la Ville Eternelle,
Sur les débris sacrés des gloires d'autrefois,
Dresse l'immensité tragique de la Croix.
« Quel est le plus beau ciel d'Athènes ou de Rome?
« Qui donc est vrai? Les Dieux à l'image de l'homme,
« Ou les hommes pétris à l'image de Dieu? »
Le silence d'été parlait seul dans l'air bleu.
Et Michel-Ange alors, qui souffrait en son âme,
Evoqua sa jeunesse et la Toscane en fleurs,
Où Florence, couchée en sa grâce de femme,
Se livrait, en riant, aux mains des ciseleurs.
Il revit les balcons pleins d'amour et d'aurore,
Dante évoquant l'enfer, Pétrarque chantant Laure,
Botticelli mystique et Léonard divin,
Toute la foule artiste au sourire très fin,

Mais plus encor, le moine Blanc, Savonarole,
Qui meurtrissait les cœurs au van de sa parole,
Brûlait les vieux péchés au fer chaud du remords,
D'un pape déchirait la tunique de vices,
Et courbait, pour un jour, sous les clous des cilices,
Le siècle épouvanté vers la cendre des morts.

Dans le jeune atelier du sculpteur, la Matière
S'offrait, inerte et blanche, au baiser de l'Esprit;
Michel-Ange, le buste haut dans la lumière,
Eut peur de violer les flancs nus de la pierre.
Il détourna la tête et tristement sourit,
Doutant de Dieu, des Dieux, de lui-même et de l'homme.
« Quel est le plus beau ciel d'Athènes ou de Rome? »
Il ne savait choisir. Pour la première fois,
L'orgueil vaincu pleurait sous sa rude paupière,
Et son âme tremblait de crainte dans ses doigts.

L'ETERNEL TOURMENT

L'ETERNEL TOURMENT

I

Quand elle eut déchiré sa robe de luxure
Et vêtu son corps blanc de l'or de ses cheveux,
Allys, la pécheresse, a tendu vers les cieux
La coupe de sa chair impure.

Elle a crié : « Seigneur, je retourne vers vous.
Les plaisirs sensuels ont le goût de la cendre,
Je suis nue à vos pieds, et vous pouvez me prendre
Au moins le front sur vos genoux.

Je dis : « Seigneur » sans croire, et ma lèvre vous nomme
Dans mon incertitude et mon dégoût du mal;
Je tends mes mains dans l'ombre et cherche un Idéal,
Pur comme un Dieu, beau comme un homme ».

Ardente, elle épandit ses cheveux de côté,
Ses deux seins haletaient d'amour, et sa prière,
Malgré son grand désir de paix et de lumière,
Fut un appel de volupté.

Longtemps elle garda, comme une urne de vices,
L'argile de son corps où brûlaient à la fois
Les parfums réprouvés des péchés d'autrefois,
L'encens nouveau des sacrifices.

Puis, ayant affiné son âme à la douleur
Et modelé sa chair sur cette âme nouvelle,
Allys tendit encor vers l'Idéal rebelle
Ses deux bras d'amante et de sœur.

II

« — Pauvre âme, me voici.

— Mon époux et mon maître,

Je t'avais tant prié que je n'espérais plus.

— Relève-toi ! Les jours mauvais sont révolus.

— Quel trouble en mon esprit. Je crois te reconnaître.

— Tu m'as toujours connu mais ne m'as point trouvé.

— Je te cherchais, Seigneur.

— Je t'appelais sans cesse.

— J'ai tendu vers le ciel mes mains et ma détresse.

— Ton cœur était impur.

— Que ne l'as-tu sauvé ?

— Je t'aimais trop pour te sauver malgré toi-même.
Relève-toi !
— Je n'ose et pourtant je vous aime.
Je baise la poussière où vous avez marché.
Mais j'aime aussi le souvenir de mon péché.
— Relève-toi !
— Mon maître et mon Seigneur !...
— Amie,
Respire en ce matin l'air frais et l'accalmie,
Et ne dis plus : « Seigneur ou Maître ». Je ne suis
Qu'un amant, l'Idéal, et je goûte en ton âme
L'attirance de l'eau qui brille au fond des puits.
— Vous seriez un amant?
— N'es-tu pas une femme?
Je t'aime esprit et chair, et ne puis autrement.
Lève-toi ! Le soleil emplit le firmament;
Tout brille quand je passe et tout se purifie ».

Il dit. Allys se lève et sourit au matin,
Tandis qu'à l'horizon se déroule la vie
Comme l'allée en fleurs d'un lumineux jardin.

III

Allys mirait ses yeux à l'eau de la rivière
Et l'onde mollement baignait ses pieds frileux;
Un frisson de soleil courait sur les monts bleus,
La fraîcheur du matin flottait dans la lumière.
Une ronde survint. Des femmes, lentement,
Comme au temps de Vénus, des Sylvains et de Flore,
S'approchaient, et, jouant toutes d'un instrument,
Légères, sous leurs doigts faisaient chanter l'aurore.
Allys leva le front vers elles et leur dit :
« O mes sœurs d'autrefois, compagnes de débauche,
Fuyez ! Mon cœur est comme un vase qu'on ébauche
Et que doit animer le souffle de l'Esprit. »

Mais elles, du narcisse en grappes sur la tête,
Entonnèrent des airs subtils et nonchalants :
« La flûte des bergers joue un hymne de fête,
Allys, l'heure est limpide et nos beaux corps sont blancs,
Et le dieu du plaisir dans l'ombre nous appelle… »
— Tentatrices, fuyez ! Mon amant, l'Idéal,
Dont la lance de fer vainquit l'ange du mal,
Suffit à mon bonheur et je lui suis fidèle.

Un long rire moqueur frappa l'écho des bois,
Et, de la ronde aimable et chantante, une voix
Disait : « Allys, Allys, que ton âme est crédule;
L'Idéal, ton amant, vivait hier chez nous;
Il m'a tendu sa chair et ses baisers plus doux
Que les fruits du verger qu'on cueille au crépuscule.
Ton amant n'est qu'un homme, et porte en son amour
La volupté brutale et l'orgueil séculaire
Des grands faunes impurs qu'on voit aux fins du jour. »
Et les femmes, à petits pas, glissant à terre
S'éloignaient en riant, et la ronde, sans bruit,
Disparut.

Tout est doux. L'on n'entend plus à peine
Que le refrain léger d'une flûte d'ébène,
Puis rien. Allys debout regarde l'eau qui fuit,
Tend ses mains vers le ciel, et pleure, et se lamente...

IV

« M'auriez-vous donc trompée, ô Seigneur ?
— Mon amante
Crédule seulement au mal, sèche tes yeux.
— Hélas, j'entends encor leurs chants mélodieux...
— Je suis l'Amour, je suis la Force et l'Harmonie,
— Je vois leurs yeux moqueurs...
— Vois ma grâce infinie.
— J'entends le son léger des flûtes et, surtout,
La voix qui m'affirmait...
— Allys !

— Maître, pardonne
Mon doute et ma douleur; je t'aime et m'abandonne
Entière dans tes bras.
— Allys!
— Mais dis-moi tout...
— Mon cœur est un parfum et ma chair une rose;
Je brûle et je ne puis consumer. Vis en moi.
— Tu es donc l'Idéal?
— Femme de peu de foi!
— Prouve-moi d'où tu viens, ton principe, ta cause?
— Il ne te souvient plus déjà de tes douleurs,
De tes bras nus, de tes sanglots? Toute ta vie
Tu m'as cherché comme le pain qui rassasie,
Et tes jours succédaient aux jours, remplis de pleurs.
Je viens. J'apporte l'eau des puits évangéliques,
Le miel et le froment et l'amour par surcroît;
Nos cœurs harmonieux sont comme deux musiques,
Le rosier du bonheur enguirlande ton toit,
Et tu doutes, ingrate, et veux une autre preuve...
Adieu! Tes jours mauvais ne sont pas révolus!
Tu me reconnaîtras quand je ne serai plus ».

Le soir limpide et bleu se mourait sur le fleuve,
Une étoile annonça l'approche de la nuit,
Et l'Idéal, très lentement, s'évanouit.

TABLE

LES HEURES LUMINEUSES

LES ANTIQUES.

C'EST BIEN LA PIRE PEINE.

LES JOURS TRAGIQUES

AUX FEMMES DE FRANCE.

Imprimerie Téqui, 3 *bis*, rue de la Sablière, Paris, 12-19

www.ingramcontent.com/pod-product-compliance
Ingram Content Group UK Ltd.
Pitfield, Milton Keynes, MK11 3LW, UK
UKHW031859260826
14628UKWH00002B/869

9 782019 324728